ESSAIS

DE

POÉSIE.

CASTELNAUDARY.

LOUIS GROC, IMPRIMEUR-LIBRAIRE.

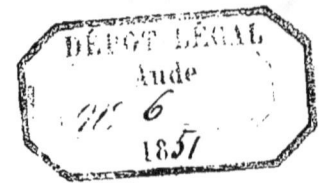
ESSAIS DE POÉSIE

SUR DIVERS SUJETS,

Par L. A. de Carcassonne.

Castelnaudary. — Louis GROC, Imprimeur-Libraire.

L'ORPHELIN.

On dit que le bonheur habite sur la terre ;
Le bonheur ! en est-il pour un pauvre orphelin !...
Pleure, pleure orphelin, délaissé sur la pierre
   Du grand chemin !

Ah ! si j'avais du moins une mère chérie,
Je lui raconterais mes chagrins, mon tourment ;
J'épancherais mon cœur dans son ame attendrie,
   Moi jeune enfant !

Quoi ! je vois chaque jour l'enfant plein d'allégresse
Embrasser ses parents, les presser sur son cœur ;
Et moi, pauvre orphelin, je n'ai que la tristesse
   Et le malheur !

1851

L'oiseau même, l'oiseau que couvre la feuillée,
Balancé doucement dans son nid aérien,
N'est-il pas plus heureux? Sur la pierre isolée!
    Seul je n'ai rien !..

Je pleure le matin, le soir je pleure encore,
Et la nuit de mes pleurs mon œil est humecté ;
Je n'ai pour seul appui que le Dieu que j'adore,
    Qui m'a créé.

J'appelle en vain un frère, une sœur, une mère ;
Personne ne répond aux cris de l'orphelin !
J'interroge, ô tombeaux, votre froide poussière,
    Mais c'est en vain !

Le silence partout, partout l'indifférence ;
Meurs donc, jeune orphelin, si tu n'as pas d'espoir ;
La mort est-elle donc pire que l'indigence,
    Si triste à voir !

Qu'ai-je dit? au malheur j'ajoute encor le crime ;
Ma voix contre le ciel ose donc murmurer !
Grand Dieu ! j'allais tomber dans un profond abîme ;
    Viens me sauver !

Fais briller dans mon ame une sainte espérance ;
Qu'elle soit le soutien de mon cœur défaillant ;
Souviens-toi que jadis tu chérissais l'enfance,
   Et fus enfant !

O toi qui m'as créé, je vais quitter la terre,
Où je n'ai point d'asile, où je suis sans amis ;
Reçois-moi dans tes bras, tu vas être mon père,
   Tu me souris !..

LE NAUFRAGE.

Tu viendras bientôt, je l'espère,
Bientôt tu seras parmi nous ;
Tu viendras, ma mère, ma mère ;
Oh ! que mon destin sera deux !

Bondissante de joie, heureuse d'espérance,
Au lever de l'aurore, Anaïs chaque jour,
Montait sur un rocher et vers la mer immense,
Fixant ses yeux, joyeuse attendait son retour.

Un matin sur l'onde paisible,
Un point commence à se mouvoir ;
Sombre, indécis, presqu'invisible ;
Anaïs seule peut le voir.

Cependant il augmente, on le voit, il s'avance ;
C'est le vaisseau chéri, l'on n'en peut plus douter ;
Tous les cœurs sont remplis d'une douce espérance ;
La joyeuse anaïs reste sur le rocher.

Mais tout-à-coup l'onde agitée,
Murmure, gronde avec fureur ;
Une nue épaisse, embrasée,
Dans l'âme imprime la terreur.

Le vaisseau retentit de cris tristes, funèbres ;
Le rivage répond par un gémissement ;
Le ciel bientôt se couvre et d'épaisses ténèbres,
Dérobent aux mortels le vaste firmament.

Le vent mugit avec violence,
La foudre gronde dans les airs ;
Un flot amoncelé s'avance...
Du vaisseau les flancs sont ouverts !.

La tremblante Anaïs, éperdue, éplorée,
Et poussant vers le ciel de lamentables cris,
A perdu tout espoir... la carène est brisée
Et du vaisseau déjà flottent tous les débris.

Mais à la lueur incertaine
Des éclairs vifs et répétés,

Une femme lutte avec peine
Contre les flots précipités.

De la jeune Anaïs c'était la tendre mère
Que la vague en courroux lance contre un rocher...
Hélas ! Le lendemain dans l'enclos funéraire
Et la mère et l'enfant venaient se reposer !...

LES REGRETS DU CONSCRIT.

A peine au sortir de l'enfance,
Je vais te quitter, ô Quillan !
Adieu ! pays, pays charmant,
Adieu ! de te revoir je n'ai plus l'espérance !.

Je vais quitter ma tendre mère,
Ma mère, elle qui m'aime tant !
Elle qui me disait souvent :
« Sans toi, mon fils, la vie est pour moi bien amère ! »

Je vais abandonner mon père,
Noble vieillard, aux cheveux blancs !
Quel sort ! et pourquoi les enfans,
Sont-ils forcés d'aller dans la terre étrangère ?.

2

Et vous, amis de mon jeune âge,
Je vais vous quitter ! quel malheur !
Mes chers amis, tout mon bonheur
S'enfuit en vous quittant, comme un léger nuage !

Adieu donc, collines charmantes,
Riants coteaux , où le chasseur
Souvent poursuit avec ardeur ,
Les perdreaux effrayés et les grives tremblantes !

Adieu, forêts majestueuses,
Arbres géants , qui dans les airs ,
Comme pour braver les éclairs ,
Levez altièrement vos têtes orgueilleuses !

Mais en partant, ô ma patrie,
Séjour de paix, lieu de bonheur ,
Quillan, je te laisse mon cœur !
Toujours à toi mon cœur , ô ma ville chérie !...

ODE

SUR LA DESTRUCTION DE SODOME.

L'Eternel avait dit : « Tes blasphêmes, Sodôme,
        Sont montés jusqu'à moi !
Le crime multiplie et c'est ainsi que l'homme,
Pense qu'impunément l'on transgresse ma loi !
Trop long-temps cette ville a lassé ma justice :
Plus de pardon pour elle, il faut qu'elle périsse ! »

Et déjà Jéhova punissait l'impiété
        Confondue, effrayée ;
Des abîmes profonds, ouverts de tout côté,
Vomissaient des torrents de flamme et de fumée ;
Le tonnerre grondait, mais d'un horrible bruit,
Et d'effrayans éclairs éclairaient cette nuit.

Un vent impétueux , fils d'un affreux orage ,
      Sifflait avec fureur ;
Brisait , renversait tout , broyait tout dans sa rage
Et partout répandait une fétide odeur.
Le ciel était en feu, la terre était brûlante ;
Sodôme n'était plus qu'une fournaise ardente.

Grande était la terreur et la consternation ,
      A ce moment suprême !
L'orgueilleux gémissait de sa folle ambition
Et l'impie à genoux rétractait son blasphême ;
L'avare maudissait ses coupables trafics
Et le vieux libertin ses scandales publics.

Car des cieux s'échappaient comme du fond d'un gouffre ,
      D'un immense volcan ,
Des torrents enflammés de bitume et de souffre.
Le ciel était alors semblable à l'Océan ,
Mais Océan de feu qui soulève son onde
Et menace en grondant de consumer le monde.

Nuit affreuse, terrible, où l'ire du Seigneur
      S'épanchait sur l'impie ;
Nuit d'un affreux réveil, nuit de deuil, de douleur ,
Où Sodôme abattue, en pleurs , à l'agonie,
Demandait , mais en vain , pardon pour ses forfaits ,

Déplorait, mais trop tard , tant d'horribles excès !

On n'entendait partout que des accents de rage
     Et des cris de douleur ;
Tels que dans un combat, au milieu du carnage ,
Brisés et mutilés, broyés avec fureur ,
Cent mille hommes mourans, mais d'une mort affreuse,
En poussent vers le ciel d'une voix douloureuse.

L'un quitte son palais que le bitume ardent
     N'a pas atteint encore ;
Mais un gouffre de feu, qui sous son pied tremblant,
Naît, s'ouvre , s'élargit, l'arrête et le dévore.
L'autre désespéré , saisit un fer meurtrier ,
Et dans son cœur impur l'enfonce tout entier.

Ici , le père ému , voit périr sa famille ,
     Sans pouvoir la sauver ;
Et là , la mère en pleurs , redemande sa fille ,
Qu'un tourbillon de feu vient de lui dérober.
Ici croule un palais.... Dieu ! quel bruit effroyable !
Et plus loin s'engloutit un temple abominable.

Le ciel vomit sans cesse et du souffre et du feu ;
     Et comme d'un cratère ,
Mais cratère entr'ouvert par le courroux de Dieu ,
S'échappe encor du souffre et du feu de la terre ;

Et le feu de la terre et les flammes des cieux ,
Semblent lutter de rage en ce jour malheureux.

Seigneur, que ta justice est funeste et terrible ,
       Pour qui l'ose braver !
Que la mort du pécheur, Dieu puissant, est horrible !...
Comblé de tes bienfaits , il t'osait blasphémer ,
Le matin ; mais le soir , ta droite frappe et tonne ;
Il est mort ! le voilà , seul au pied de ton trône...

Livrons-nous aux festins , contentons nos désirs ,
       Ceignons-nous de guirlandes ;
Qu'heureusement nos jours s'écoulent en plaisirs ;
Aux autels de la joie apportons nos offrandes.
Jouissons aujourd'hui ! car peut-être demain ,
Le hasard viendra-t-il finir notre destin.

Non , il n'est point de Dieu ! le plaisir, voilà l'homme ;
       A sa mort, le néant !...
C'est là, ce qu'avait dit l'impiété dans Sodôme.
Insensés , arrêtez ! craignez le Tout-Puissant !
Son glaive s'est levé , flamboyant, formidable
Et votre dernier jour sera bien lamentable !

Et les tours s'écroulaient avec un bruit affreux ,
       Et les remparts superbes ,
Dans ce brasier immense, effrayant, furieux ,

Plus vite se brûlaient qu'un mince faisceau d'herbes ;
Et tout s'engloutissait sous le sol emflammé,
Comme pour enfouir l'orgueil, l'impureté.

Et quand le jour parut, le plus profond silence,
                Un silence de mort,
Planait et pour toujours sur cette plaine immense.
O superbe cité, qu'il fut affreux ton sort !...
C'est ainsi que de Dieu l'éternelle justice,
Sait punir l'impiété, confondre la malice.

Oui, telle qu'un géant frappé d'un trait au front,
                Ou comme un pin superbe,
Que la foudre en grondant enlace, brise et rompt,
Sodôme s'abattit et gît encor sous l'herbe.
L'arabe place au loin sa tente et ses chameaux
Et le pâtre craindrait d'y mener ses troupeaux.

CLORIS.

Je vis Cloris à son heure dernière ;
Son triste état vivement me toucha ;
Pâle et livide , elle ouvrit la paupière ,
Puis expira.

Elle expira malgré ses vertus, son jeune âge ;
L'impitoyable mort, insensible aux attraits
De la douce Cloris, la perça dans sa rage
Du plus terrible de ses traits.

Elle n'est plus , cependant son image
Vivra toujours dans notre souvenir ;
A sa vertu nous rendrons tous hommage
Par un soupir.

Et moi qu'elle honora toujours comme son père,
Chaque jour sur sa tombe, on me voit déposer
Des fleurs.... Aurais-je cru qu'au bout de ma carrière ,
    J'aurais encore à la pleurer !

3

LA PETITE ORPHELINE.

Je suis une pauvre orpheline,
Hélas ! que vais-je devenir !
Vainement j'ai crié : famine !
Nul n'a voulu me secourir !

Ayez pitié de ma misère ;
Un peu de pain pour me nourrir !
Songez que je n'ai plus de mère
Et que bientôt je vais mourir !

Passans , vous que ma voix implore ,
Soyez touchés de mes malheurs !
Demain , au lever de l'aurore ,
La mort finira mes douleurs !

Secourez-moi dans ma misère ,
Je prierai Dieu de vous bénir ;
Secourez-moi, comme une mère
Secourt l'enfant qui va périr.

Donnez à ma voix qui vous prie ,
Dieu vous rendra votre bienfait ;
Car dans le ciel, notre patrie ,
Il inscrit l'aumône qu'on fait.

Déjà la faim , la faim cruelle ,
Comme un serpent me mord au cœur ;
Jetez un sou dans l'écuelle ,
Donnez une obole au malheur.

CANTIQUE
EN L'HONNEUR DE LA SAINTE-VIERGE.

Mère de Dieu , Sainte Marie,
Reçois les vœux de tes enfans ;
Entends cette troupe chérie ;
Montre-toi sensible à nos chants !

Vierge Marie,
Mère chérie,
Toujours , toujours ,
Nous implorerons ton secours.

Reine du Ciel , espoir du monde ,
Entends la voix de tes enfans ,

Et fais qu'à cette nuit profonde,
Succède un jour des plus brillans !

Vierge Marie, etc.

Daigne prier, douce Marie,
Pour des enfans respectueux ;
Fais que cette troupe chérie
Te contemple un jour dans les cieux !

Vierge Marie, etc.

Nous nous rassemblons sous ton aile,
Pour être à l'abri du danger ;
Que ta tendresse maternelle,
Sur nous ne cesse de veiller !

Vierge Marie, etc.

Nous t'offrons des fleurs, des couronnes,
Des cœurs brûlants d'un vif amour ;
Mais pour toi, ce sera des trônes
Que tu nous offriras un jour !

Vierge Marie,
Mère chérie,
Toujours, toujours,
Nous implorerons ton secours.

MÉLANIE.

Quels sourds gémissements ont frappé mes oreilles ?
Quels déchirants sanglots, quels accents douloureux !
Rocher tu t'attendris, poussière tu t'éveilles,
    Aux cris d'un être malheureux.

Ecoutons... Ah ! j'entends la voix de Mélanie,
Qui s'échappe à travers l'ombrage des cyprès ;
Sur le tombeau sacré de sa mère chérie,
    Elle exhale ainsi ses regrets :

« O ma mère, ma mère ! est-il rien sur la terre,
Qui de ta perte, hélas ! puisse me consoler ;
Puis-je oublier jamais, que j'ai perdu ma mère,
    Et que je n'ai qu'à la pleurer ! »

« Qu'ils étaient fortunés ces instants de ma vie ,
Où ton cœur palpitant pressait mon jeune cœur ;
Tu me disais alors : Ma chère Mélanie ,
    Seule tu fais tout mon bonheur ! »

« Si quelquefois des pleurs humectaient ma paupière ,
Ma mère était toujours prompte à les essuyer ;
Tes larmes me font mal , disait-elle , ô ma chère ,
    En me donnant un doux baiser ! »

« Et maintenant je suis comme une jeune plante ,
Manquant du seul appui , de l'arbre protecteur ,
Qui soutenait ses fleurs et sa tige tremblante ;
    Elle languit , se penche et meurt ! »

« Autrefois mariant les accords de ma lyre
Aux sons harmonieux de ta charmante voix ,
De l'amour maternel nous chantions le délire ,
    Et du Seigneur les douces lois. »

« Mais depuis que la mort a moissonné ta vie ,
Qu'elle t'a dérobée à mes embrassements ;
Sous les doigts incertains de ta fille chérie ,
    La lyre ne rend plus d'accents ! »

« Vainement à l'été succèdera l'automne ;
Le couchant à l'aurore et l'aurore au couchant ;

Au souffle du zéphyr, vainement l'anémone
  Brillera d'un rouge éclatant ; »

« Vainement les troupeaux bêleront dans la plaine ,
Grimperont sur les rocs, reviendront au hameau ;
Vainement dans les airs l'alouette incertaine ,
  Chantera son chant le plus beau ; »

Tout est fini pour moi , tout jusqu'à l'espérance !....

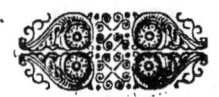

LA JEUNE MENDIANTE.

A la porte de l'indigent
J'ai tendu ma main suppliante ;
Le croirez-vous ? honteusement
Il a chassé la mendiante.

Sur le seuil du palais doré,
Au riche j'ai dit ma misère ;
Hélas ! il ne m'a rien donné !
Pour lui, j'étais une étrangère.

La larme à l'œil, la mort au cœur,
J'ai baissé tristement la tête;
Que faire, lorsque le malheur
Fond sur nous comme la tempête ?

4

J'ai pleuré, long-temps j'ai pleuré ;
De moi s'enfuyait l'espérance ;
Mais, hélas! le Dieu de bonté
S'est souvenu de mon enfance.

Une voix a dit à mon cœur :
« A moi la fleur de la vallée
Me doit l'éclat et la fraîcheur
Dont sa corolle est couronnée. »

« Si de ses chants harmonieux,
L'oiseau réjouit le bocage ;
Si de ses fruits délicieux,
L'arbre paraît vous faire hommage. »

« A l'oiseau je donne son chant,
A l'arbre ses fruits admirables ;
C'est moi qui sur l'homme souffrant,
Jette des regards favorables. »

« Sois plus forte que le malheur,
Souviens-toi que je suis ton père ;
Je saurai calmer ta douleur,
Au ciel lève les yeux, espère ! »

Aussitôt dans mon jeune cœur
A brillé la douce espérance ;

L'espérance, appui du malheur,
Baume sacré pour l'indigence !

Aussi je chante sans chagrin :
« A la petite mendiante,
Passans, donnez un peu de pain ;
Un peu de pain ! je suis contente !.... »

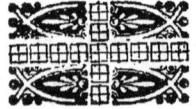

CLARA.

Tendre fleur qu'un seul jour vit naître et vit mourir,
Clara n'est plus ! La mort cruelle,
Comme un serpent fondant sur elle,
A notre amour vint la ravir !

Ah ! telle qu'un bouton qui vient de s'entr'ouvrir,
Aux clartés de l'aube naissante ;
Mais que l'haleine dévorante
Des vents du sud vient de flétrir ;

Hélas ! telle on t'a vue, ô gracieuse enfant,
A peine briller une aurore ;
Le trépas vient, te décolore,
Et te flétrit en un instant !

Oserais-je , ô Clara ! déplorer ton destin ?
 Ah , ton sort est digne d'envie ,
 Car tu ne parus à la vie ,
 Que pour jouir d'un jour serein !

Le vice n'infecta jamais ton jeune cœur ;
 Et pure comme la rosée ,
 Ton âme s'est vite envolée
 Dans le séjour du vrai bonheur.

Aux rayons du soleil , brillante de fraîcheur ,
 Dans une région plus belle ,
 Et sur une tige nouvelle ,
 Tu refleuriras, tendre fleur.

Mais pour nous , la douleur aiguisera ses traits ;
 Les pleurs, voilà notre héritage !
 Et nous n'aurons plus en partage ,
 Que des jours tissus de regrets !...

De ta mort pourrons-nous perdre le souvenir ?
 Qui pourra consoler ta mère ?
 Oh ! sa douleur est trop amère ;
 Ton trépas la fera mourir !...

LA DOULEUR DE MA MÈRE.
(Fragment).

Oui, je viens chaque soir, rêveur et solitaire,
   M'agenouiller sous le saule pleureur,
Auprès duquel jadis venait s'asseoir ma mère,
Et comme elle j'y viens épancher ma douleur.

Elle y venait pleurer une fille chérie,
Elle y venait pleurer sa chère Coralie,
     Tendre fleur,
Que le vent de la mort brisa dans sa fureur ;
     Douce colombe,
Qui descendit à quinze ans dans la tombe !

De là , jetant les yeux sur le tertre voisin ,
Elle y voyait des ifs et des cyprès funèbres ,
Qui semblaient partager ses douleurs, son chagrin.
Parfois , elle venait au milieu des ténèbres,
Demander Coralie aux rochers d'alentour ;
Les rochers se taisaient , et quelquefois le jour
      Avait surpris ma mère ,
    A l'Eternel adressant sa prière ,
      Pour son enfant.

Elle disait alors aux arbres funéraires ,
    Qui de leurs ombres tutélaires
    Protégeaient l'humble monument :
    « Arbres, pleurez, ah pleurez Coralie,
    Mon doux espoir, la moitié de ma vie ;
    Arbres, pleurez, ah ! pleurez mon enfant !.. »

MES ADIEUX A QUILLAN.

Adieu, charmant pays, magnifique séjour,
    Quillan, ô terre hospitalière !
Adieu ! c'est dans ton sein , que plus courte qu'un jour ,
    Me paraîtrait l'année entière !

Adieu , je vais partir ; l'impérieux devoir
    Me force à quitter tes bocages ;
Adieu, Quillan , adieu ! je ne pourrai ce soir
    Respirer sous tes frais ombrages.

Pays chéri des cieux , où dans chaque habitant
    L'étranger peut compter un frère ;
Où règnent les vertus , où brille le talent,
    Où le vice craint la lumière ;

Agréable séjour, oh ! je t'aime de cœur,
  Je t'aime comme ma patrie ;
Comme un soldat, son chef, comme un Français, l'honneur,
  Un enfant, sa mère chérie !

Oh ! que ne puis-je encor, avant que les frimas
  Viennent dépouiller tes campagnes,
Prendre, avec tes enfans, un champêtre repas,
  Au pied de tes vertes montagnes !

Que ne m'est-il donné de gravir en chantant
  Et tes coteaux et tes collines ;
De cueillir dans tes bois et le myrte odorant
  Et la rose aux longues épines !

Que ne puis-je admirer tes sapins verdoyants,
  Qui de leur cime audacieuse,
Au milieu des éclats des tonnerres grondants,
  Affrontent la nue orageuse !

Oui, j'irais contempler tes rochers escarpés,
  Tes vallons, tes gras pâturages ;
Frémir en voyant l'Aude et ses flots courroucés,
  Mugissant contre ses rivages.

Oui, je visiterais ton chemin Pierre-Lis,
  Et tes montagnes, ô Saint-Georges ;

Et puis, libre de soins, sans chagrins, sans soucis,
    J'irais me reposer aux Forges.

Car là, je trouverais un véritable ami,
    Au cœur bon, à l'âme sincère ;
Là, je retrouverais mon cher Barthélémi
    Et son aimable caractère.

J'y verrais des jardins, j'y verrais des ruisseaux
    Coulant avec un doux murmure ;
J'y verrais à loisir les plus jolis tableaux,
    Que peut présenter la nature.

Surtout, j'irais prier, prier avec ardeur,
    Au pied de l'autel de Marie ;
C'est là, que j'aimerais à répandre mon cœur,
    Devant cette mère chérie.

J'irais, j'irais encor... A quoi bon ces projets ?
    Demain, je serai dans Narbonne ;
Et là, me contentant de former des souhaits,
    J'attendrai la prochaine automne.

Mais aussi quel plaisir, lorsque dans moins d'un an,
    Préparant mon petit voyage,
J'irai revoir joyeux, ton beau pays, Quillan,
    Comme un lieu de pélerinage.

Alors, oh ! j'entendrai le rossignol chanter
　　　Dans l'épaisseur de tes bocages ;
Et le taureau mugir et la brebis bêler
　　　Au sein de tes gras pâturages.

Alors en te voyant, délicieux séjour ,
　　　Je te dirai combien je t'aime ;
Et je ferai redire aux échos d'alentour :
　　　« O Quillan, je t'aime ! je t'aime !... »

FRAGMENT

D'UN DISCOURS DONNÉ EN RHÉTORIQUE AU COLLÉGE
DE CARCASSONNE EN 1840.

Jérémie ayant fait asseoir Zorobabel, se lève et s'écrie
dans un saint transport :

O superbe Sion ! ô puissante cité !
Toi qui dormis long-temps dans la sécurité,
Tremble aujourd'hui, Sion ! Le Dieu vengeur s'apprête
      A foudroyer ta tête ;
Tremble Jérusalem, crains ton Dieu courroucé !
Comme toi Séboïm a jadis existé ,
Sodome a ressenti les vengeances célestes,
De Gomorrhe aujourd'hui , voit-on même les restes !

Sion, ne vois-tu pas les nombreux étendards
Qu'un fier tyran déploie autour de tes remparts?
N'entends-tu pas hennir le coursier superbe,
Qui va bientôt aux pieds te fouler comme l'herbe?
N'entends-tu pas au loin le roulement des chars?
Ne vois-tu pas briller les piques et les dards?
Que tardes-tu Juda? Lève ta tête altière;
Il est temps de montrer ta valeur toute entière.
Où sont, forts d'Israël, les armes, le bouclier,
Qu'aux traits des Chaldéens vous allez opposer?
Où sont les dards aigus?... Paroles inutiles!
La terreur, dans vos mains, rend ces armes stériles;
Car le Dieu de justice irrité contre vous,
Va déployer enfin son terrible courroux.

Malheureuse Sion, jadis si florissante,
Que devient aujourd'hui ton antique valeur?
Je vois tes habitans plongés dans l'épouvante;
Les vierges élevant leurs mains vers le Seigneur;
Les femmes, les vieillards, d'une voix lamentable,
Déplorant, mais trop tard, leur conduite coupable,
Pousser des cris affreux arrachés par la faim;
Les enfans expirant dans les bras de leurs pères,
Ou mourant lentement sur le sein de leurs mères,
    En demandant du pain!

Des ministres sacrés j'aperçois la milice,
Prosternée aux autels, se couvrir d'un cilice,
Invoquer l'Eternel insensible à leurs cris ;
De tous côtés je vois le deuil et la tristesse ;
De Sion les plaisirs enfin se sont enfuis ;
En soupirs sont changés nos concerts d'allégresse !

Qu'entends-je?... quel fracas ! quel tumulte effrayant !...
Le Juif est abattu, l'Assyrien triomphant !..
Elle fond aujourd'hui sur ta coupable tête,
    La terrible tempête,
Que tes crimes, Sion, l'impiété d'Osias,
L'orgueil de Joachim et les forfaits d'Achaz,
Sur toi depuis long-temps avaient accumulée,
Jérusalem succombe et sa gloire est passée !...

Où sont tes hautes tours, tes palais somptueux,
Tes colonnes de marbre et tes temples fameux ?
Sion, qui te rendra tes fêtes, tes cantiques ?
Qui pourra relever tes superbes portiques ?

Pleure, pleure aujourd'hui, malheureuse cité !
C'est Dieu qui pour venger son saint nom profané,
Appesantit sur toi son glaive redoutable,
Lance des traits mortels et d'un bras formidable,
    Brise tes orgueilleux remparts !

O ma chère Sion, baisse ta tête altière !
Tes murs sont écroulés et leurs débris épars
Seront ensevelis long-temps sous la poussière.

Entendez-vous au loin ces plaintes, ces soupirs ?
Les voyez-vous ces Juifs, adonnés aux plaisirs ,
Chargés d'indignes fers, traînés en servitude ,
Essuyer les rigueurs du destin le plus rude ,
Et le jour et la nuit déplorant leurs malheurs,
Grossir l'Euphrate ému du tribut de leurs pleurs !
Entendez-vous les cris des vierges éplorées,
Par un cruel vainqueur violemment arrachées
Au sol de la patrie, à leur pays chéri?
Comment, Seigneur, comment l'or s'est-il obscurci ?
Et pourquoi dans Sion , une sombre tristesse
A-t-elle remplacé la joie et l'allégresse ?
Pourquoi notre héritage et nos brillans palais ,
Les trésors de David et ceux de Manassès ,
Ont-ils été livrés à la fureur des flammes ?
Pourquoi gémissons-nous jusqu'au fond de nos âmes ?
Hélas ! l'iniquité , les crimes de Sion ,
Ont sur nous attiré la vengeance céleste ;
Nous sommes tous plongés dans la désolation ,
Et le Seigneur a fait une chaîne funeste,
        Du joug de nos iniquités !....

Mais quel astre apparaît à mes yeux étonnés !

Il me berce aujourd'hui d'une douce espérance ;
C'est le gage certain de notre délivrance !
Ils sont enfin venus les jours si désirés ;
Sion redeviendra la reine des cités !

Celui qui pour son peuple a frayé sur les ondes
    Un chemin merveilleux ;
L'a nourri quarante ans d'un pain miraculeux ;
Celui qui fit jadis vers ses sources profondes
    Remonter le Jourdain ,
Pour ouvrir un passage au milieu de son sein ;
Qui permit que les murs d'une ville superbe ,
Aux sons de la trompette ensevelis sous l'herbe ,
Connussent des Hébreux la divine mission ,
Ce Dieu s'est souvenu des malheurs de Sion.

O Vierges de Juda , bannissez la tristesse ;
Poussez des cris de joie et des chants d'allégresse !
Vieillards de Benjamin, doux enfans de Lévi ,
Prophètes , reprenez votre harpe sacrée ,
    Et chantez à l'envi ,
Du puissant Roi des rois la colère apaisée.
Bientôt nous reverrons les champs de nos aïeux ;
Nos voix pourront alors s'élever jusqu'aux cieux ,
Et chanter du Seigneur la clémence infinie.

« Réjouis-toi, Sion , ô ma fille chérie ,

A dit le Tout-Puissant, en portant ses regards
Sur tes temples détruits, sous la poussière épars ;
Tu fus assez long-temps l'objet de ma vengeance ;
Ah ! ressens aujourd'hui l'effet de ma clémence !
J'éteins les feux brûlans par ton crime allumés ;
Les jours de ma colère enfin sont écoulés ;
Relève-toi, Sion, du sein de tes ruines,
  Et pour ton bonheur avenir,
Grave au fond de ton cœur, des vengeances divines,
  L'éternel souvenir ! »

 . . . .

  . . . .

Lève, Jérusalem, tes mains vers le Seigneur,
Qui vient te dérober au joug de ton vainqueur !
Tu verras relever tes antiques murailles,
Et tu pourras bientôt chanter les funérailles
  De l'orgueilleux Babylonien,
Puisque le bras de Dieu doit être ton soutien.

O filles de Sion , en quittant l'Assyrie,
Vous pourrez saluer notre ancienne patrie !
Vieillards de Benjamin , vous entendrez encor,
Les chants mélodieux des oiseaux de Ségor !
Ah ! tu peux secouer, illustre Mardochée,
Cette cendre qui souille et blanchit tes cheveux ;

         6

Car un libérateur, à ma vue étonnée,
Apparaît aujourd'hui!... Quel air majestueux!...
A sa puissante voix, sortant de la poussière,
Sion, comme autrefois, lève une tête altière :
Quel est donc le Sauveur de ma chère Israël?
Il a les traits!.. la voix!.. l'air de Salathiel!...

Il commande ; aussitôt renaissant de sa cendre,
Le Temple est élevé sur cent colonnes d'or ;
Et sur l'autel fumant, le Seigneur vient descendre,
       Pour l'enrichir de son trésor!...

LE POÈTE MOURANT.

Le platane jaunit et je jaunis aussi ,
Et comme lui déjà , je touche à mon automne ;
Son feuillage arraché par un souffle ennemi ,
Tombe sur le gazon , pour être enseveli ,
Tombe, et produit un bruit lugubre , monotone.

Et pour moi, n'est-ce pas un prélude de mort ?
    Hélas ! chaque feuille qui tombe ,
    Me redit: « Tel sera ton sort ! »
    Ah ! j'aimerais la vie encor,
Et peut-être demain , je serai dans la tombe !
. . . .
. . . .

Adieu , bois que j'aimais ! adieu , verte prairie ,
Silencieux ombrage et limpide ruisseau !
Adieu , champêtre toit , où je reçus la vie !
Je meurs , et je sortais à peine du berceau !

Mais avant de mourir , je viens vous voir encore ,
Arbres majestueux ! Pour la dernière fois ,
Ecoutez Edouard mourant à son aurore ;
Aujourd'hui seulement vous entendrez sa voix !

Ce soir , quand le soleil s'élancera dans l'onde ,
Quand pour nous ses rayons commençant à pâlir ,
Iront porter la vie au sein d'un autre monde ,
Mon âme le suivra pour ne plus revenir !

L'Automne étalera vainement ses larges-es ,
Le Printemps ses beautés et l'Eté ses richesses ,
Mes yeux ne verront plus les champs couverts d'épis ,
Ni la prairie en fleurs , ni le doux coloris
Des fruits qu'à pleines mains vous versera l'Automne ;
Ah ! jamais le front ceint d'une fraîche couronne ,
Sous mes pieds bondissans , à l'ombre de l'ormeau ,
Je ne foulerai plus l'herbe de la prairie ;
Toujours sera muet mon léger chalumeau ,
Et les rustiques sons de ma lyre chérie ,
Ne réjouiront plus les bergers du hameau !

. . . .

. . . .
Et je n'entendrai plus le rossignol chanter ,
Et le taureau mugir dans les vertes campagnes ;
Je ne te verrai plus, leste chèvre , grimper
Sur les rocs escarpés de nos hautes montagnes !

. . . .
Mon œil ne verra plus les cieux brillans d'étoiles ,
Ni sur les eaux du lac, par un beau soir d'été ,
Le cygne , déployant comme de blanches voiles ,
    Son plumage argenté !

Et tandis que Daphnis et l'aimable Cloré ,
Jouiront de la joie et des plaisirs du monde ,
Edouard dormira sous le marbre glacé ,
    Au sein d'une solitude profonde !

Ami de mon enfance, ô mon cher Mirtilé ,
Si notre âge est égal , que notre sort diffère !
Souviens-toi quelquefois de ma vive amitié ,
Et donne quelques pleurs a ma froide poussière !

O ma mère , ma mère ! ah , que vont devenir ,
    Pour ton enfant qui va mourir ,
Ces rêves de bonheur, cette douce espérance ,
Dont ton cœur se berçait , en pensant à ton fils ?
Ton fils sera tranquille et toi dans la souffrance !...

O mon père, ô ma sœur, ô mes parens chéris,
Puissiez-vous être encore, heureux sur cette terre !
    Car notre vie est éphémère,
    Et dans sa course meurtrière
    La mort vient souvent nous troubler ;
    Elle est une vapeur légère ,
    Que le vent entraîne après soi.
Elle est... qu'entends-je ?... oh ciel ! n'est-ce pas le beffroi
    Qui sonne mon heure dernière !

O ma mère, bientôt tu ne me verras plus !
Bientôt tu n'auras plus qu'à gémir sur ma tombe ,
    Comme gémit une colombe ,
    Sur les petits qu'elle a perdus !

Qu'ils étaient fortunés ces momens de ma vie ,
Où ton cœur palpitant pressait mon jeune cœur !
Tu me disais alors , d'une voix attendrie :
    « Tu fais ma joie et mon bonheur ! »

    Qu'elle fut heureuse ma vie !
    Comme les eaux de la prairie ,
    Mes jours ont doucement coulé.
    Mais la souffrance a tout troublé.

    . . . .

Hélas ! la mort va mettre un terme à mes douleurs ,

L'arbre n'a plus de feuille et moi plus d'espérance !
Je suis déjà fané comme toutes les fleurs,
Qu'un même jour voit naître et mourir en silence.

O soleil radieux, astre vivifiant,
Je t'ai vu ce matin, encore à ton aurore ;
Mais peut-être ce soir, ce soir à ton couchant,
Ne brilleras-tu plus pour le frère d'Isaure !

. . . .

. . . .

Mon père, qui sera l'appui de ta vieillesse !
        Douce colombe exposée au vautour,
Belle fleur que le vent peut flétrir en un jour,
Ma sœur, qui veillera sur ta tendre jeunesse !...

. . . .

Et vous, mes chers amis, les échos de mon âme,
Bientôt vous verserez des pleurs sur mon tombeau ;
Je pouvais autrefois, avec des mots de flamme,
Parler de l'amitié, de ce lien si beau ;

Mais maintenant ma voix pour toujours va s'éteindre ;
Elle chante aujourd'hui, son dernier chant de mort ;
Quand le cygne comprend que la mort va l'atteindre,
Il élève la voix et pour toujours s'endort.

Oiseaux sacrés, charmantes hirondelles,

Dont les doux chants apaisaient mes douleurs ;
Ah ! désormais vos chansons les plus belles,
Ne pourront plus m'éveiller... car je meurs !

. . . .

Quand le printemps , l'agréable printemps ,
Aux fleurs rendra leur brillante parure ;
La voix au rossignol , aux forêts la verdure,
L'herbe aux jeunes agneaux et les moissons aux champs ,
Vous reviendrez visiter ma chaumière ;
Mais pour toujours
Plus de beaux jours !
Ma chaumière , ma chère chaumière !
Bientôt tu seras solitaire !

. . . .

. . . .

Oh ! si ma voix pouvait se ranimer encore ,
Si ma lyre pouvait moduler des accens ,
Ce n'est pas aux héros que l'univers honore ,
Qu'elle consacrerait ses timides talens !

Je n'irais point encenser la fortune ,
Louer le vice et flétrir la vertu ;
Mais je répèterais d'une voix importune ,
Au riche de pourpre vêtu :
« Vois-tu ce mendiant? N'est-ce pas-là ton frère?..
Ah viens soulager sa misère ;

Ecoute son humble prière ,

Il n'a pas de quoi se nourrir ;

Si tu ne viens le secourir ,

Ce soir , peut-être , il va mourir !

Sois donc pour lui comme un Dieu tutélaire !

Ce qu'on sème ici-bas , dans un autre séjour ,

On le recueille un jour. »

« Supporte patiemment les maux que Dieu t'envoie ,

Dirais-je au malade , au mourant ;

Pour des peines d'un jour , pour des maux d'un instant ,

Dieu te fera goûter une éternelle joie. »

Je dirais au superbe : « Abaisse ton orgueil ;

Car tes projets, ton savoir, ta puissance ,

Bientôt, à l'aspect du cercueil ,

S'évanouiront en silence ! »

O sainte Religion , céleste Providence ,

Qui veilles sur tous tes enfans ,

Ah ! que ne puis-je encor vous consacrer mes chants !...

Mais l'airain a sonné... Pour moi, plus d'espérance !

De trois fois six printemps , j'ai vu les jours sereins ,

Eclairer en fuyant mon heureuse existence ;

J'aurais encore pu !... Que peuvent les humains !...

7

Et sous ses doigts tremblans, la lyre du poète
Se tut... et pour toujours elle resta muette !...
Cygne mélodieux , à l'instant de sa mort ,
Avant de s'endormir , Edouard chante encor.

Ainsi pendant l'hiver, suspendu près de l'âtre
    De la veuve ou de l'indigent,
Le modeste lampion , à la clarté rougeâtre ,
    S'éteint et s'éteint lentement.

Il brille tout-à-coup d'une vive lumière ;
Cet éclat passager est un éclat trompeur ;
C'est l'éclat de la mort, la torche funéraire...
Bientôt l'obscurité succède à la lueur.

    .   .   .   .
    .   .   .   .
    .   .   .   .
    .   .   .   .

    Et maintenant le voyageur ,
    Qui traverse cette vallée ,
    Sent bientôt attendrir son cœur ,
    En voyant une croix placée
    Au pied d'un lugubre coteau ;
Il fléchit le genou sur l'humide tombeau ,
Se recueille un instant au fond de sa pensée ,
Contemple avec respect les deux saules pleureurs ,

Qui de leurs rameaux protecteurs ,
Ombragent la pierre isolée ,
Et sur le triste mausolée ,
Répand des larmes et des fleurs.

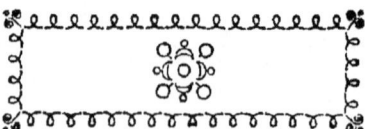

PARAPHRASE

DU PSEAUME 136ᵉ *(Super flumina, etc.)*.

Fleuve de Babylone, oui je me suis assis
A l'ombre des peupliers qui couronnent tes rives ;
    Et là , mes paroles plaintives
Ont redit nos malheurs aux rochers attendris.

Là , j'ai souvent versé des larmes abondantes ;
Là , mon cœur palpitait en pensant à Sion ;
    Et pour comble d'affliction ,
J'ai vu périr mon fils, entre mes mains tremblantes !

Hélas ! j'ai suspendu mon luth harmonieux
Aux saules verdoyans qui bordent la prairie ;
    Ah, nos harpes n'ont plus de vie !...
Désormais plus de ris et plus de chants joyeux ,

Et le vainqueur m'a dit, enflé de sa victoire :
« Chante donc un cantique en l'honneur de Sion ;
    As-tu déjà de ta nation ,
Oublié les hauts faits , la puissance et la gloire ? »

L'ennemi souriait, en m'adressant ces mots ;
Et moi j'ai dévoré ces affronts en silence ;
    Attendons , ai-je dit , patience !
Un jour, tes maux affreux égaleront mes maux !...

Ah ! comment pourrions-nous sur la terre étrangère,
Chanter l'hymne de joie au Dieu de l'univers ?
    Peut-on moduler des concerts ,
Quand le cœur est navré d'une douleur amère ?

Que ma droite , Seigneur , reste sans mouvement ;
Que pour toujours mon œil se ferme à la lumière ,
    Ou que l'enfer, dans sa colère ,
Invente contre moi quelque nouveau tourment ;

Si jamais de Sion, je perdais la mémoire !
Puisse, puisse mon nom n'inspirer que l'horreur ,
    Si je ne mets tout mon bonheur ,
Chère Jérusalem , à parler de ta gloire !

Oh ! des enfans d'Edom , souvenez-vous, Seigneur ,
Au moment où Sion , sortant de la poussière,

Et vous adressant sa prière ,
Fléchira pour toujours votre juste fureur.

Souvenez-vous alors , de ces peuples perfides ,
Qui sur nous font peser un pesant joug de fer ;
Et qu'aussi prompte que l'éclair ;
S'échappe leur splendeur de leurs mains homicides !

Car ils ont dit, Seigneur, remplis d'un fol orgueil :
« Anéantissons-la !... Qu'attendons-nous encore ?
Il faut qu'à la première aurore,
Jérusalem ne soit qu'un immense cercueil !... »

Trois fois malheur à toi , fille de Babylone !
Heureux , qui te rendra les maux que tu nous fais ,
Qui renversera tes palais ,
Et réduira ton peuple à demander l'aumône !

Heureux, qui percera le sein de tes vieillards ,
Massacrera le fils en présence du père ,
Et qui sous les yeux de la mère ,
Jettera sur l'enfant de sinistres regards !

Heureux , trois fois heureux , qui sur la pierre humide ,
Broîra, comme un vil grain, tes jeunes nourrissons ;
Ou versera d'affreux poisons ,
Au fond de leur poitrine haletante et livide !...

MA LYRE.

Ma lyre ne se plaît qu'au milieu des cyprès !
Elle aime à résonner sous leur ombrage épais.
De ce monde trompeur dédaignant l'allégresse,
Et murmurant toujours les chants de la tristesse,
Elle peignit tantôt, un jeune homme expirant
  Dans les bras de sa mère;
Tantôt elle montra, Mélanie exhalant
  Une douleur amère,
Sur un tombeau sacré, digne objet de ses pleurs
Et là, de l'orphelin dépeignit les douleurs,
  L'abattement et la misère !...

 . . . .

Quelquefois elle osa, même avec Jérémie,
  Soupirer ses douleurs;
Des enfans de Juda, chassés de leur patrie,
  Déplorer les malheurs;
Et souvent, répandant des guirlandes de fleurs
  Sur un drap mortuaire,
Elle exhala mon cœur de tristesse abattu !...

 . . . .

TABLE.

FIN